VENTE
Du Lundi 20 Février 1911
HOTEL DROUOT, SALLE N° 11
A DEUX HEURES

TABLEAUX MODERNES

AQUARELLES, PASTELS, DESSINS

OBJETS D'ART

Appartenant à M. D... de la T...

ET A DIVERS

COMMISSAIRE-PRISEUR
Me F. LAIR-DUBREUIL

EXPERTS
M. CAMENTRON
MM. PAULME & B. LASQUIN Fils

CATALOGUE

DES

Tableaux Modernes

AQUARELLES, PASTELS, DESSINS

Par

BASTIEN-LEPAGE, BEAUQUESNE, BONVIN, BOUDIN (E.), BRUANDET, CABAT, CAROLUS-DURAN, COIGNET (J.), COROT, DAGNAN-BOUVERET, DAUBIGNY (C.), DE DREUX, DELPY (H.-C.), DIDIER POUGET, DUPRÉ (JULES), FEYEN-PERRIN, FRANÇAIS, GARRIDO, JONGKIND, LAMBINET, LAURENS (J.-P.), LÉPINE, LE POITEVIN, LHERMITTE, MARCKE (E. VAN), MARILHAT, MONTICELLI, NOEL (JULES), PELOUZE, PENNE (O. DE), RICHET, ROUSSEAU (TH.), SAÏN (P.), STEVENS (A.), TEN CATE, TROYON, VALLIN, VINCELET, ETC.

OBJETS D'ART

Porcelaines, Bronzes, Émaux cloisonnés

DE L'EXTRÊME-ORIENT

MARBRES, BRONZES, MEUBLES

Appartenant à Monsieur D... de la T...

ET A DIVERS

Et dont la Vente aux Enchères publiques aura lieu

HOTEL DROUOT, SALLE N° 11

LE LUNDI 20 FÉVRIER 1911

A DEUX HEURES

COMMISSAIRE-PRISEUR : **Me F. LAIR-DUBREUIL**

6, rue Favart

EXPERTS

Pour les Tableaux :	*Pour les Objets d'art :*
M. CAMENTRON	**MM. PAULME & B. LASQUIN fils**
43, rue Laffitte	10, rue Chauchat | 11, rue Grange-Batelière

EXPOSITION PUBLIQUE

Le Dimanche 19 Février 1911, de 2 heures à 6 heures

CONDITIONS DE LA VENTE

Elle sera faite au comptant.

Les adjudicataires paieront *dix pour cent* en sus des enchères.

L'exposition mettant le public à même de se rendre compte de l'état et de la nature des objets, aucune réclamation ne sera admise une fois l'adjudication prononcée.

Paris. — Imp. de l'Art, Ch. Berger, 41, rue de la Victoire.

DÉSIGNATION

TABLEAUX

AQUARELLES, PASTEL, DESSINS

Appartenant à M. D. de la T.

BASTIEN-LEPAGE

1 — *La Faneuse.*

Toile ovale.
Signée.

BEAUVERIE (Ch.)

2 — *Verdure.*

Signé.
Haut., 27 cent.; larg., 21 cent.

BONVIN (François)

3 — *La Joueuse de vielle.*

Signé.
Haut.; 38 cent.; larg., 25 cent.

BOULANGER (Louis)

4 — *Mater Dolorosa.*

Signé.

Haut., 45 cent.; larg., 37 cent.

BREITSCHEINDER

5 — *Le Compliment.*

Signé.

Haut., 34 cent.; larg., 24 cent.

BRUANDET

6 — *Chasse en forêt.*

BURELLE (G.)

7 — *Le Tréport en 1880.*

Signé.

Haut., 27 cent.; larg., 38 cent.

BRUZELIN-DESPORTES (Mme)

8 — *Le Printemps.*

Signé.

Haut., 21 cent.; larg., 17 cent.

BUTIN (Ulysse)

9 — *Le Jeune Mousse.*

Signé.

Haut., 27 cent; larg., 32 cent.

CABAT

10 — *Les Gros chênes.*

Signé.

Haut., 30 cent.; larg., 42 cent.

CAROLUS-DURAN

11 — *Portrait de Femme.*

Monogramme.

Haut., 55 cent.; larg., 44 cent.

CAROLUS-DURAN

12 — *Vache au repos.*

Signé.

Haut., 24 cent.; larg., 31 cent.

COIGNET (JULES)

13 — *Remser.*

Signé.

Haut., 16 cent.; larg., 22 cent.

COIGNET (JULES)

14 — *Paysage suisse.*

Signé.

Haut., 37 cent.; larg., 39 cent.

COROT (J.-B.)

15 — *Ruines romaines.*

Cachet de la vente.

Haut., 18 cent.; larg., 36 cent.

COUDRON

16 — *Nature morte.*

Signé.

Haut., 40 cent.; larg , 33 cent.

COURBET (?) (Gustave)

17 — *La Mare.*

Signé.

Haut., 66 cent.; larg., 87 cent.

COUVELEY

18 — *Marine.*

Signé.

Haut., 25 cent.; larg., 30 cent.

DAGNAN-BOUVERET

19 — *Effet de lune.*

Signé.

Haut., 18 cent.; larg., 27 cent.

DAGNAN-BOUVERET

20 — *Le Lac des Quatre-Cantons.*

Signé.

Haut., 18 cent.; larg., 27 cent.

DAUBIGNY (Charles)

21 — *La Plage à marée basse.*

Cachet de la vente.

Haut., 30 cent.; larg., 51 cent.

DE DREUX (A.)

22 — *Cheval pur sang.*

Signé.

Haut., 32 cent.; larg., 39 cent.

DELPY (H.-C.)

23 — *La Saulaie.*

Signé.

Haut., 32 cent.; larg., 55 cent.

DELPY (H.-C.)

24 — *Effet de neige,*

Signé.

Haut., 24 cent.; larg., 33 cent.

DESJOBERT

25 — *Laveuses.*

Signé.

Haut. 37 cent.; larg., 57 cent.

DIAQUÉ

26 — *Le Déjeuner des pigeons.*

Signé.

Haut., 44 cent.; larg., 37 cent.

DIAQUÉ

27 — *Palette.*

Signé.

Haut., 30 cent.; larg., 38 cent.

DIAZ (Attribué à)

28 — *L'Apparition.*

Haut., 11 cent.; larg., 8 millim.

DIDIER-POUGET

29 — *Lacs salés de Rochefort.*

DIDIER-POUGET

30 — *Paysan abattant des fruits.*

Haut., 40 cent.; larg., 27 cent.

DROLLING

31 — *Préparatifs pour la Comédie royale.*

Haut., 97 cent.; larg., 1 m. 30 cent.

DUPRÉ (JULES)

32 — *Chaumière.*

Monogramme.

Haut., 27 cent.; larg., 35 cent.

ÉCOLE FRANÇAISE

33 — *Paysage.*

Haut., 36 cent.; larg., 48 cent.

ÉCOLE DE 1830

34 — *Coqs et poules.*

Haut., 37 cent.; larg., 53 cent.

ELMERICH

35 — *Jument et son poulain.*

Signé.

Haut., 23 cent.; larg., 30 cent.

FEYEN-PERRIN

36 — *Les Ondines.*

Signé.

Haut., 28 cent.; larg., 22 cent.

FRANÇAIS

37 — *Coupe en forêt.*

Signé.

Haut., 31 cent.; larg., 23 cent.

FRÈRE (Ch.-Ed.)

38 — *Le Percheron.*

Signé et dédicacé.

Haut., 45 cent.; larg., 54 cent.

GARRIDO

39 — *L'Après-midi au jardin du Luxembourg.*

Signé.

Haut., 55 cent.; larg., 36 cent.

GÉRICAULT

40 — *Loth et ses filles.*

Signé.

Haut., 22 cent.; larg., 27 cent.

GOSSELIN (Ch.)

41 — *Aux champs le soir.*

Signé.

Haut., 55 cent.; larg., 41 cent.

CUY (Louis)

42 — *Le Curé de campagne.*

Signé.

Haut., 31 cent.; larg., 40 cent.

LAMBINET (Émile)

43 — *Site de Languedoc.*

Signé.

Haut., 26 cent. ; larg., 40 cent.

LAMBINET (Émile)

44 — *Paysage.*

Signé.

Haut., 35 cent.; larg., 63 cent.

LAURENS (Jean-Paul)

45 — *Vieille femme.*

Haut., 55 cent.; larg., 42 cent.

LAZERGES (P.)

46 — *Étude d'oliviers.*

Signé.

Haut., 26 cent.; larg., 36 cent.

LENFANT DE METZ

47 — *Intérieur de cathédrale.*

Haut., 32 cent.; larg., 24 cent.

LEPOITEVIN

48 — *Pêcheurs aux environs du Havre.*

Haut., 17 cent.; larg., 17 cent.

LESVIGNE

49 — *Chèvre allaitant son petit.*

Signé.

Haut., 51 cent.; larg., 65 cent.

VAN MARCKE (Émile)

50 — *Vaches au pâturage.*

Signé et dédicacé.

Haut., 26 cent.; larg., 33 cent.

MARILHAT

51 — *Baudet albanais.*

Haut., 33 cent.; larg., 24 cent.

MICHALLON

52 — *La Cascade.*

Signé.

Haut., 46 cent.; larg. 37 cent.

MICHEL (GEORGES)

53 — *Moulin à Montmartre.*

Haut., 49 cent.; larg., 69 cent.

MICHEL (GEORGES)

54 — *Effet du soir à Montmartre.*

Haut., 58 cent.; larg., 71 cent.

MONTICELLI

55 — *Scène de Faust.*

Signé.

Haut., 50 cent.; larg., 69 cent.

NOEL (JULES)

56 — *Ronde de nuit au Moyen âge.*

Signé.

Haut., 31 cent.; larg., 24 cent.

PAGÈS

57 — *Portrait d'Homme.*

Signé.

Haut., 65 cent.; larg., 54 cent.

PELOUZE

58 — *Bezons.*

Signé.

Haut., 27 cent.; larg., 35 cent.

DE PENNE (Olivier)

59 — *Jeune Fille aux chiens.*

Signé.

Haut., 34 cent.; larg., 34 cent.

PETIT (J.-S.)

60 — *Le Viaduc.*

Signé.

Haut., 31 cent.; larg., 39 cent.

ROSIER (Jules)

61 — *Le Coteau.*

Signé.

Haut., 17 cent.; larg., 27 cent.

ROSIER (Jules)

62 — *Vaches au pâturage.*

Signé.

Haut., 18 cent.; larg., 26 cent.

ROUSSEAU (Th.)

63 — *Paysage.*

Esquisse.
Cachet de la vente.

Haut., 9 cent.; larg., 15 cent.

SAÏN (Paul)

64 — *Promeneur et son chien.*

Signé et dédicacé.

Haut., 11 cent.; larg., 15 cent.

SÉGÉ

65 — *Promenade à cheval.*

Signé.

Haut., 50 cent.; larg., 73 cent.

SEIGNEURGENS

66 — *L'Écrivain public.*

Haut., 41 cent.; larg., 32 cent.

STEVENS (Alfred)

67 — *Gros temps sur la Manche.*

Signé.

Haut., 18 cent.; larg., 25 cent.

VERNIER (Emile)

68 — *Sur la Grève.*

Signé.

Haut., 42 cent.; larg., 70 cent.

VÉRON (Alexandre)

69 — *Le Petit Morin.*

Signé.

Haut., 60 cent.; larg., 74 cent.

AQUARELLES, PASTELS

DESSINS

BERTIN

70 — *Le Château de Pau.*

Signé et dédicacé à *Corot.*
Sépia.

Haut., 24 cent.; larg., 39 cent.

DELACROIX (Eugène)

71 — *Esquisse à la plume.*

Signé et dédicacé.

Haut., 21 cent.; larg., 22 cent.

HILLEMACHER

72 — *Enfant au chien.*

Dessin. Signé.

Haut., 15 cent.; larg., 21 cent.

JONGKIND (J.-B.)

73 — *Bords de rivière.*

Dessin à la sanguine.
Signé.

Haut., 33 cent.; larg., 50 cent.

LEBAS (H.)

74 — *Paysage.*

Gouache. Monogramme.

Haut., 21 cent.; larg., 15 cent.

MICHEL (Georges)

75 — *Sous bois.*

Dessin.

Haut., 22 cent.; larg., 32 cent.

ROUSSEAU (Th.)

76 — *Paysage.*

Dessin. Cachet de la vente.

Haut., 6 cent.; larg., 10 cent.

TOURNEMINE

77 — *Environs de Saint-Martin.*

Aquarelle.

Haut., 30 cent.; larg., 40 cent.

TROYON

78 — *Portrait de Femme.*

Pastel.
Signé.

Haut., 55 cent.; larg., 45 cent.

VALLIN

79 — *L'Amour maté par la grâce.*

Dessin à la sanguine.
Signé.
Haut., 28 cent.; larg., 22 cent.

YON (Edmond)

80 — *Mon Bateau sur l'Oise.*

Aquarelle.
Signée.
Haut., 15 cent.; larg., 20 cent.

TABLEAUX

Appartenant à Divers

ALBERT (G.)

81 — *Paysage suisse.*

Signé.

Haut., 50 cent.; larg., 66 cent.

BEAUQUESNE

82 — *L'Incendiaire.*

Haut., 47 cent.; larg., 55 cent.

BOMPARD (Maurice)

83 — *Venise.*

Haut., 45 cent.; larg., 55 cent.

BOUCHER (D'après)

84 — *La Dormeuse à l'amour.*

Haut., 1 m. 15 cent.; larg., 1 m. 25 cent.

BOUDIN

85 — *Les Dunes.*

Signé.

Haut., 35 cent.; larg., 60 cent.

CARTIER (Karl)

86 — *Le Soir à Moret.*

Signé.

Haut., 45 cent.; larg., 92 cent.

CHATEIGNON

87 — *Le Retour des champs.*

Signé.

Haut , 63 cent.; larg., 48 cent.

COROT (J.-B.)

88 — *Temple de Pastum (Italie).*

Entre les colonnades du temple de Neptune, on aperçoit la campagne et la mer.

Signé.

Haut., 66 cent.; larg., 82 cent.

(*Provient de la Collection Hecht.*)

DUFEU

89 — *Tête d'Homme.*

Signé.

Haut., 31 cent.; larg., 21 cent.

DUPRAT

90 — *Venise.*

Signé.

Haut., 55 cent.; larg., 75 cent.

ÉCOLE HOLLANDAISE

91 — *Paysans dans la campagne.*

Haut. 57 cent.; larg., 46 cent.

GOYA (Genre de)

92 — *Scènes de balcon.*

Haut., 1 m. 95 cent.; larg., 1 m. 30 cent.

GUILLOUX (CHARLES)

93 — *La Frette, soleil levant.*

Signé.

Haut., 17 cent.; larg., 32 cent.

GUILLOUX (CHARLES)

94 — *Lever de lune à Herblay.*

Signé.

Haut., 41 cent.; larg., 33 cent.

GUILLOUX (CHARLES)

95 — *Allée d'eau.*

Signé.

Haut., 46 cent.; larg., 36 cent.

ISABEY (Attribué à)

96 — *Barques de pêche pendant la tempête.*

Haut., 1 m. 25 cent.; larg., 95 cent.

JACQUES (Marie)

97 — *Bords du Loing à Moret.*

Signé.

Haut., 47 cent.; larg., 62 cent.

LANÇON

98 — *Lionne dévorant un nègre.*

Signé.

Haut., 37 cent.; larg., 52 cent.

LAUGÉE

99 — *L'Approche de l'orage.*

Signé.

Haut. 60 cent.; larg., 73 cent.

LÉPINE

100 — *La Mer à Ouistreham.*

Signé.

Haut., 19 cent.; larg., 33 cent.

LÉPINE

101 — *Barque de pêche.*

Monogramme.

Haut., 26 cent.; larg., 38 cent.

LHERMITTE

102 — *Les Déchargeurs de bateaux de pêche.*

Fusain. Signé.

Haut., 28 cent.; larg., 45 cent.

MAUFRA (Maxime)

103 — *Plage de la Goualle, Batz (Seine-Inférieure).*

Signé.

Haut., 55 cent.; larg., 73 cent.

PLANQUETTE

104 — *Chevaux de halage.*

Signé.

Haut., 65 cent.; larg., 95 cent.

RIBOT (Mlle)

105 — *La Lecture.*

Haut., 58 cent.; larg., 73 cent.

RICHET (Léon)

106 — *L'Étang, temps de pluie.*

Signé.

Haut., 65 cent; larg., 92 cent.

RICHET (Léon)

107 — *Mare au bord d'une forêt, une paysanne au second plan.*

Signé.

Haut., 51 cent.; larg., 67 cent.

TEN CATE

108 — *Pont sur la Tamise.*

Signé.

Haut., 31 cent.; larg., 42 cent.

TESTELIN

109 — *Gentilhomme.*

Haut., 74 cent.; larg., 60 cent.

TIMMERMANS

110 — *Bâteaux de pêche à Audierne.*

Signé.

Haut., 38 cent.; larg., 55 cent.

TROUILLEBERT

111 — *Bords de rivière.*

Signé.

Haut., 46 cent.; larg., 39 cent.

VINCELET

112 — *Fleurs*

Signé.

Haut., 46 cent.; larg., 27 cent.

OBJETS D'ART

Appartenant à Divers

113 — Buste de femme en terre cuite, XVIIIe siècle.

114 — Deux petits miroirs d'appliques en porcelaine.

115 — Paire de vases carrés en porcelaine de Chine.

OBJETS D'ART
MEUBLES
Appartenant à M. D. de la T.

PORCELAINES, BRONZES
ET ÉMAUX CLOISONNÉS DE L'EXTRÊME-ORIENT

116 — Grande vasque en porcelaine de Canton. Pied en marbre blanc.

117 — Paire de potiches couvertes en porcelaine de la Chine, décor bleu. Socles en bois doré.

118 — Deux bouddhas en bronze patiné. Extrême-Orient.

119 — Deux cerfs en bronze patiné, sur socles en bois. Extrême-Orient.

120 — Grande coupe en émail cloisonné. Extrême Orient.

121 — Paire de vases en émail cloisonné. Extrême-Orient.

122 — Paire de vases-cornets en émail cloisonné de Chine.

SCULPTURES EN MARBRE ET BRONZE

123 — Statuette en bronze patiné : Baigneuse d'après *Falconet*. Socle en marbre.

124 — Statuette en bronze patiné : Baigneuse, d'après *Allegrain*.

125 — Statuette en marbre blanc, par *Truphème :* Jeune fille aux poussins.

126 — Statuette en marbre blanc, par *Comein :* la Petite Mère.

127 — Statuette en marbre blanc, par *Falguière :* la Source. Socle orné de bronzes style Louis XVI.

BRONZES D'AMEUBLEMENT

ET OBJETS VARIÉS

128 — Paire de flambeaux en bronze patiné, de style antique.

129 — Paire de bras-appliques à trois lumières en bronze. Style XVIIIe siècle. Disposés pour l'électricité.

130 — Garniture de cheminée, comprenant une pendule et deux candélabres à cinq lumières. *Maison Denière.*

131 — Paire de gaines en marbre rouge.

132 — Paire de gaines en marbre à chapiteau conique.

MEUBLES

133 — Table rectangulaire à pieds tournés en bois noir et marbre.

134 — Console en acajou et dessus de marbre blanc.

135 — Petit bureau, de forme contournée, en bois de placage, muni d'un casier avec pendule.

136 — Table rectangulaire, à pieds colonnettes, en bois sculpté. En partie Renaissance.

137 — Canapé canné Louis XV en bois sculpté.

RED. :

13

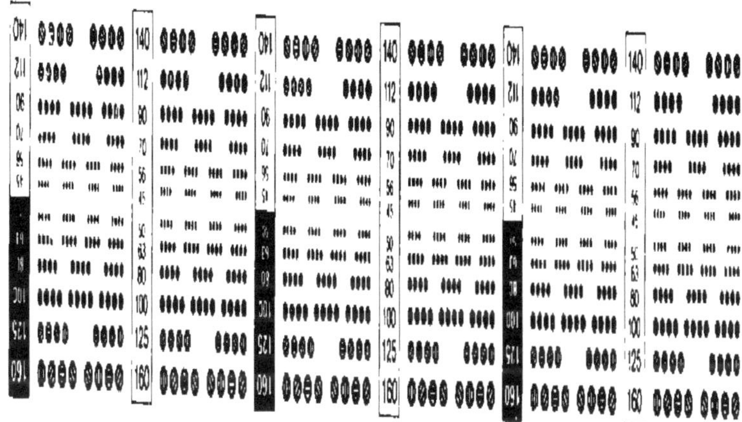

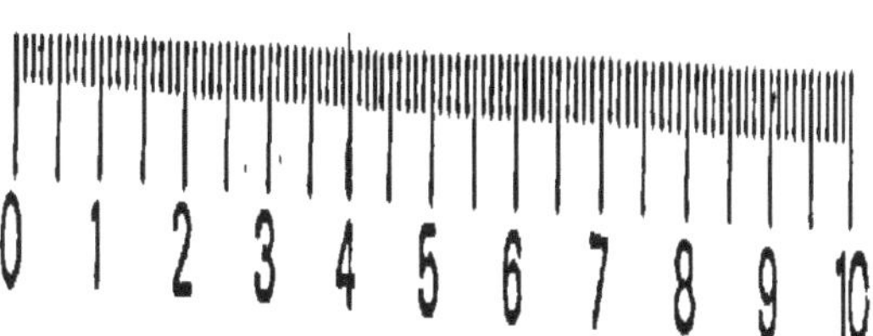
0 1 2 3 4 5 6 7 8 9 10

www.ingramcontent.com/pod-product-compliance
Ingram Content Group UK Ltd.
Pitfield, Milton Keynes, MK11 3LW, UK
UKHW020221180726
13838UKWH00005B/2130